迷者之歌

徐苏秀——著

中国财富出版社有限公司

图书在版编目（CIP）数据

迷者之歌 / 徐苏秀著 . — 北京 : 中国财富出版社有限公司 , 2023.2
ISBN 978-7-5047-7903-8

Ⅰ . ①迷…　Ⅱ . ①徐…　Ⅲ . ①诗集—中国—当代　Ⅳ . ① I227

中国国家版本馆 CIP 数据核字（2023）第 031926 号

策划编辑 张　茜　张彩霞　**责任编辑** 张红燕　郭　玥　**版权编辑** 李　洋
责任印制 尚立业　**责任校对** 张营营　**责任发行** 杨恩磊

出版发行	中国财富出版社有限公司		
社　　址	北京市丰台区南四环西路 188 号 5 区 20 楼	**邮政编码**	100070
电　　话	010-52227588 转 2098（发行部）		010-52227588 转 321（总编室）
	010-52227566（24 小时读者服务）		010-52227588 转 305（质检部）
网　　址	http://www.cfpress.com.cn	**排　　版**	宝蕾元
经　　销	新华书店	**印　　刷**	北京九州迅驰传媒文化有限公司
书　　号	ISBN 978-7-5047-7903-8/I · 0353		
开　　本	880mm × 1230mm　1/32	**版　　次**	2023 年 3 月第 1 版
印　　张	6.875	**印　　次**	2023 年 3 月第 1 次印刷
字　　数	138 千字	**定　　价**	48.00 元

让诗歌照亮另一个自己

老朋友徐苏秀教授发来微信，要我给他的诗集写个“序”。我真是受宠若惊！一般来说，帮人写“序”的多是名人大咖，我有什么资格去给诗人的诗集写序呢？但考虑到我俩的缘分，我还是硬扛下这个艰巨任务吧。

我与徐教授十分有缘！几年前，我与徐教授都在暨南大学珠海校区工作。今年，我与徐教授都调入北京理工大学！但我是搞翻译学，他是搞工程管理研究的。因为他十分年轻，我时常叫他“小徐”，他是暨南大学引进的工程管理高端人才，暨南大学当时较年轻的教授之一！2008年本科毕业于哈尔滨工业大学；2014年在香港大学工业及制造系统工程系获哲学博士学位；2016年来到暨南大学智能科学与工程学院，被破格聘为教授、博士生导师；2022年调入北京理工大学管理与经济学院，任教授、博士生导师。徐教授曾入选2017年广东省“珠江人才计划”青年拔尖人才，是2019年“广东特支计划”本土创新创业团队核心成员；主持过多项国家课题，发表SCI/SSCI论文50多篇，其中以第一作者或通讯作者在相关领域国际顶级期刊发表SCI/SSCI论文13篇。

徐教授不仅是一个地地道道的理工科生，还是一个才华横溢的“文艺青年”！在我们暨南大学珠海校区，徐教授的诗歌是尽人皆知的。我经常在微信上欣赏徐教授的诗歌，为其点赞！甚至在上“文学翻译”课时，还给学生们推荐他的诗歌，让大家理解翻译。

当我知道徐教授要出诗集时，我兴奋异常！我为我这个理工科出身的好朋友喝彩，太难得了！徐教授发来整本诗集后，我认真阅读完这些作品，发现这些作品创作于不同的时间和空间。徐苏秀教授应该是用诗歌来充满自己跨越的时空的。这个时空就属于他自己另外的一个影子。他用“理工科”的空间思维来创作诗歌语言，以这种“软实力”使自己竖立起来，从而摇动了自己另外的一个影子——“而这又是你虚无的另一个身份在世界中穿梭”，即把自己生活的空余部分留出来，构成一个“虚拟又真实”的自己。正如柳宗元笔下的“渔翁”，“渔翁”不是在“钓鱼”，而是在“钓”寂寞和孤独，“钓”一个很远很远的理想空间。虽然“渔翁”在“舟”上，但他却有一条很长很长的无形的“钓鱼线”，网住了自己和一个庞大的世界。

犹如徐苏秀教授的诗句所言：“我在甲板上织起网/大的/小的/暗灰/鲜红/动用最初的一切赋予/陪伴永久的影子——抵抗时间”。再如“路面卷曲/你在中间行走/带着湿润的灵魂/你的空间不断卸下重量/孤独如死人的血液/沉默如欲望的脚步声”。

徐苏秀教授诗歌语言的陌生化给我们营造了一种特有的语言效果。诗句“你的眼睛燃烧着空前的静谧”，其中“眼睛”会“燃烧”，而“燃烧”的是“静谧”，这种语言组合是新奇的，码出了另外的内涵；如《致天瑞&广华》“远方的石头传来朗朗掌声/我们把满屋的音乐吃个精光”诗句里的“石头”与“掌声”、“音乐”与“吃个精光”搭配，组合出其诗歌的新鲜味。其诗歌以夸张的手法，叙述出让人意外的语意。如在《苏秀的两句诗》里，“我才说了两句话/你就笑得阳光灿烂/比盛唐诗歌都要灿烂”；再如“只在父亲的烟杆里活着”，这个诗题的表达也有如此效果。

无论是诗句，还是诗题，徐苏秀教授的诗歌都给我们构成了一个奇特的语言感觉。还有就是其诗歌内涵走向的突转，也是特有味道的。如《致父亲（节选）》的诗句，“如你在深圳看到的/狂风暴雨之后/我走出庭院/只望着香港的方向/你紧随着我/只看到我的背影/两个看似冷漠的人/其实爱得深沉”，尤其“两个看似冷漠的人/其实爱得深沉”，这个突转让人没有料想到。又如《致两个冷酷的人》的“请走进细雨里/走进我的伞里/注视在伞的边沿/有一颗渐渐涨大的水珠/就在滴落的刹那/请立即跟我说话”，最后这句“请立即跟我说话”，与诗题的“冷酷”构成对立。总体上看，他的诗歌比较短小，如《入诗》：“你总是急迫地想走进我的诗里/或许太匆忙/你只在水面上留下你的名字”。这首诗，只有三行，三十字，就把意象“你”的情感勾勒出来了。

因为是好朋友，恕我直言，作为一本诗集，这些诗歌作品分量还略显不够，再版时，可以再补充一些进来。

我就说这些话，算作给老朋友诗集的一个“序”吧。

赵友斌
翻译学教授、博导
2022年11月13日

目录

迷者（六首）

（一）

你在自身迷茫的中心游走
企图重拾曾经在你脚下静穆的石头
重拾被早晨遗忘的音律
而不经意间
你踩中一根细小的花茎
毁灭的躯体流淌出鲜红的液体
像从未来坟墓中
被挖掘的伤口里流出
你目睹着它的发芽和枯萎
如同目睹着自己皮影戏般的人生
你双手合十，祈祷道：
沉醉吧，可怜的花茎——

我这可怜将死的躯体
乘着音乐的魔力
醉卧在日神的脚下
让梦幻来启发你余生的目的

（二）

“这一定是朵虚无的玫瑰在你手中摇曳，
而这又是你虚无的另一个身份在世界中穿梭。”
在睡梦中你无数次地听到如此恐怖的声音

你试图攫住过去的某个时光
以你真实的身份在这个世界栖息的时光
你成了自己的侦探

在黄昏宽容的斜晖映照下
你像一块丑陋的石头
你的眼睛燃烧着空前的静谧
如同翻滚着沉寂的死水

越过马路，狂奔在闹市
沉睡在死巷的垃圾堆中
你设法从中挖掘出一处明朗的天地
以你不真实的双手

世界以其不真实的双手托起虚无的荒漠
利用伪装和暗算
你将另一个身份藏匿无形
你也曾想丢弃另一个身份
而你的爱人却疯狂地钟情于它的存在
你怕失去玫瑰和缠绵

虚无的身份坚如燧石
真实的身份在孤独中战栗、褪羽

你被虚无的身份累垮
像一个孩子一样乞求帮助
你的视线模糊
眼前晃动着人群中悬浮的残肢

你被这一幕吓坏
决心丢弃沉重的薄纱
任机器标榜时代的精神状况

站在黄昏宽容的斜晖里
你是座美丽的老人雕像
永远地向大地瞭望
向大地微笑

在沉睡中
你似乎听见一个声音——
“每一个清晨长大的孩子，
都在黄昏的映照下异化。”

（三）

从黑色的叶子出来
他站在迷雾的顶端
叶子完好

他知道里面火红的秘密

他知道的就这么少
少而幸福
在星空下躺平
他哼唱着生命的歌谣

干草和少女的芳香
他享受着这美丽的诱惑
雨点飘洒　雨点飘洒
他们像是活在世上的最后两个人

漫天是家乡的灯火
借着光和阴影的诱惑
他们回到家乡最古老的废墟
雨点和罪恶洒满一地

黑夜之歌　飘香大地
这是自由的肉体舞动在灵魂之上

他追逐着
消失在黑色的叶子里

男人与女孩
道德和爱情
他在晨曦中这样哼唱
伴随着雨点飘洒

（四）

“在梦里我见到跟我长得一样的机器人
你猜怎么着
我把它撕个粉碎……”
他兴奋地对妻子说道

他穿上全新的外套
行走在昨天的街道
跟每一个昨天的熟人寒暄
他陶醉于这无尽的欢乐中

而他不经意的怀疑
杂草和灌木钻破水泥疯狂地生长
一座座高楼变幻成矮小的木屋
人们穿戴着形色不一的古老服饰

他被这一景象围困
一只野兽从他体内窜出
将他顶回往日的街道

他跌落在熟悉的十字路口
死死地盯着往来的车辆
试图抓住每辆车上忽闪的真实
而隐约中
他看到常青藤爬上疾驶的车轮

一阵蓝色之风袭来
卷走他的所有衣物
他追逐着
蓝色消失在塔楼之巅

他作出此暗示的解答
赤裸着身
从云端飞下
穿越富裕而迷茫的生活
落入远古松软的泥土中

而此时
妻子蹚过他迷乱的眼睛
她美如玫瑰般的少女
身边是跟他有着同样外表的机器人

（五）

黑暗中的雨滴汇聚一潭
冰冷的白天鹅林间熟眠
蓝色的洞穴传来低沉而单调的自语
像是来自另一个世界的配乐

路面卷曲

你在中间行走
带着湿润的灵魂
你的空间不断卸下重量
孤独如死人的血液
沉默如欲望的脚步声

夜盗取了我的双眼
遗弃在河的另一边
而我看见
智慧之神在时间的枝头伫立

可怜的路灯
狰狞的鬼怪
无名的野草
这些都与我无缘
只有我是存在的

你盘旋在狭窄的时间里
人们在时间之外消失

你孤独如纯粹的时间
一枚枯叶镌刻着时间的定义

我抓破路面的皮肤
啃噬着钢筋水泥的骨骼和肝脾
将虚无一次又一次地吞进深渊

你离开了你的路面
路面镶嵌着你的瞳孔
你来到河的另一边
另一边触摸到一双眼睛

风是智慧的传教士
我愿成为他的随从

我陷入闪电
陷入瀑布
陷入肉体
陷入任何东西

除了一双眼睛

（六）

雾从海面升起
船帆时不时地打着哈欠
巨大的眼睛在海底铺陈
它向最远的天际凝眸

他静止在大海的意志中
视线被斑驳的灰色所笼罩
这让他深陷思想的边界
像只蚂蚁掉落在无垠的冰面上

他被一身的冷汗浸透
如同太阳灼烧着真理
他唤醒所有的认知和感觉
却开启了更大的梦

等到苔藓长满了他的躯体
时间的少女不再散发出乳香
他才想起他的命运：
找到与之灵魂相称的那根浮木

悬浮在另一个银河系的中心
在那里，他是唯一的生命
他只能跟擦身而过的太空石头打招呼
一切认知的和可及的都没了意义

梦醒后，他亲吻身边的女人和孩子
几行简短的诗句滑过唇边
阳光打在镜子上
投射出一处思想的浅滩

写于2006—2011年，哈尔滨，深圳，香港

只在父亲的烟杆里活着

从这一天清晨起

我只在父亲的烟杆里活着

并不是毫无征兆

也不是十分令人讨厌

我听得见他的嘀咕

还有赞美

一孔看世界

一孔听世界

有限的空间才能容纳我无限的河流

我静静地待在黑暗里

全身是黑暗的颜色

偶尔有一缕阳光进来

像我的一行诗
所以烟杆很窄
所以细水长流

有时我也趁黑夜探出脑袋
世界灯火通明，繁花似锦
像父亲的笑容
所以我很满足
有限的空间容纳我无限的河流
它们从烟杆流出
世人见证

写于2005年，哈尔滨

一生

童年跨过
积木
像失散的蝴蝶
残败的沙雕
我们向少年飞驰
梦想着光荣的未来
未来来了
我们躲在溪水丛林里
寻找野兽和天堂

我们找到了爱情
失去了爱情
新娘在悬崖边上救我
再幸福的河流都被我们截断

我们对峙了好些岁月
像岁月一样

总有一天
我与世界合二为一
与世俗合二为一
快乐得让他们嫉妒
我在草原上看不见自己

我们开始平静地迎来下一代
学习祖先的一切
充满笑声和哭声
多半是笑声
我成了挣钱的机器
和机器合二为一
和机器一样幸福

平静，争吵，争吵，平静
风平浪静之后

我看着他们从我走过的沼泽走过
还有雨水和月亮流过
金子流过

没有惊讶和欢笑
我渐渐地老了
坐在杂草丛中啃着我的石头
脚下的路荒芜一片
我开始和墓地上的清风说话
那些来自灵魂的清风
那些梦想的土堆
与坟墓一样微温的泥土

我越是老了，老了，老了
像少年一样
我开始骂这个世界
骂脚下荒芜的道路
盲人在哭泣地歌唱
我在做些什么？

如果世界只需要赞美，那么
我在中间休息

我越是老了，老了，老了
像婴儿一样
可是我在写着诗歌
我仍在写着诗歌
可是笔从手中滑落

我真的越是老了，老了，老了
看着夕阳跟我一样美丽
我终于睡在婴儿的摇篮里
幸福得像个石头

写于2005年，哈尔滨

存在（三首）

（一）

我长袖一拂
还是潇洒地离去

爱我的人呵，你
是个千金
戴着王冠
骑在众神的肩上
挥着马鞭
驱赶草原上流转的白色星河
风只属于你
吹响了一切

我走过你梦中的草原
诗歌曾享乐歌舞的草原
你在猴面包树下
笑比哭更难看

海子走过
等待着什么
灰色的等待像世纪的苦刑
西西弗斯走过
我给他一块我的石头
比羽毛更轻更白
他说太重
扛走了微亮的山坡

（二）

我将前额紧紧地贴在理念的面具上
灵魂却在思索面具之下的某种存在
像在思考一只鸟如何飞越太平洋

我望见一位青年有着树和河流的风度
他还需什么样的能力，什么样的精神
才能获取一位少女的芳心

我还望见
陈列在画室里的一座座冷冰冰的雕像
黎明像个报信者
沿着一束阳光，直到太阳身边
太阳下旨给他们穿上绿装

最后我终于望见无垠的存在
因为黑暗
掌大的空间变得无垠
抽象的空间模糊成无垠的存在

前额离开面具
鼻子被挤得扁平
揉一揉双眼，向自然张望：
灵魂陪同一只小鸟从太平洋对岸飞回来

（三）

夜已深
柔美的妻子斜在床上
鼾声如雷

那位倚在窗前
如大卫般英俊伟岸
光不溜秋的家伙
正是鄙人

窗外的马路
与其他马路并无不同
路面上有实线和虚线
两旁有树和路灯
再远处是诗人该思考的地方

即便你在自行车道上驰骋
你的身旁还是马路

倘若诗人对马路添油加醋
我想我的咏春可不答应
平日里与女儿反复切磋
功夫早已炉火纯青

我拂尘一挥
马路变成虚空
盘坐悬崖之上
拂尘作画
画出万千世界的幻象
画出幻象中的千万种声音

即便你乘扁舟逐向远方
总有一种声音将你寻回

夜已深
妻子的鼾声起伏有序
致敬时间

写于2005年，2006年，哈尔滨；2020年，珠海

传说

在灵魂的最高法庭
他准备为他的天使打一场官司——
控告所有视她为人的人类和野兽
除了被告
他就是法庭的构成

开庭伊始
他在她的世界之外
透过玻璃
看见她披着薄纱
降临他的湖面饮水、濯洗
可始终不见她天使的翅膀
他依旧满怀信心，甚至骄傲
他似乎在表演一个人的喜剧

时而冲着陪审团嬉笑、流泪
时而面向听众呐喊、舞蹈
他希望能以此来赢得胜利的宣判声

正当法官准备宣判时
挡在他面前的玻璃瞬间消失
她缓缓向他飞来
扑在他的怀里
他定神看了看她
可始终不见她天使的翅膀
法庭顿时沸腾无比
法官手中的木槌停在空中
镜子里走出一个狰狞的陌生人
他讥讽道：
“她根本就是个凡人，
哪来天使的翅膀？”
那陌生人恣意大笑
众人喧哗不已
他只紧紧抱着怀里的他的天使，无计可施

除了被告和那陌生人
他就是法庭的构成
最后，他宣判：案情复杂，择日再审

之后的日子里
他没有为此案寻找证据
他每天对着镜子画自己的肖像
身旁是他的天使
他想象她有一双翅膀
除了被告和那陌生人
他就是法庭的构成
开庭的日子遥遥无期

时间的女儿孤独哭泣
镜子里的仇敌面目日益狰狞
每一个自白都有嘲笑回荡滋长
每一个黑夜都有浪潮不断翻涌

无形的影子盘旋缠绕

他被多疑的根源推上了法庭
任由陌生人无情地投掷兵戟
他一言不发
蜷缩在干燥的呼吸气息里
除了被告和那陌生人
他就是法庭的构成
他仍一言不发
此时他的天使正离他而去
洁白的天使翅膀第一次映入眼帘
一滴眼泪滑落
落碎成蓝色的影子
影子不断壮大变成天空
天空万里无云
他如梦初醒
灵魂的法庭土崩瓦解
它的神圣审判第一次没有结案

他走在远去而又折回的道路上
每次到达终点

那个陌生人便出现在他面前
陌生人已变得十分和善，告诉他说：
朋友，你又回到了起点，
选择其他的道路吧！
他知道自己无法打开未来的那道窄门
他说：
我只想在她降临的地方停留片刻

写于2006年，哈尔滨

不是触礁，不是到达

每次醒来

我总在

空无一人的甲板上呼吸

从未触礁

从未到达

时间被空间磨尖

我总被它们刺痛

疼痛中

充满了真和善

没有美……

我在甲板上织起网

大的

小的

暗灰

鲜红

动用最初的一切赋予

陪伴永久的影子——

抵抗时间

原始的材料越来越少

燃烧的火苗越来越暗

也许

黎明已将黑暗的绷带层层解开

我提前死去

在寻找驯鹿的寓言里

写于2006年，哈尔滨

无题

这是一道墙壁，空白
映射着另一道墙壁上你的影子
难以作解
于是我每天凝视它

另一道墙壁，空白
掩埋着我变形的躯体

如果我们隔墙相望
一切是那么的明澈

写于2006年，哈尔滨

关于童年

你静坐在家乡田野的麦垛上
一根麦秸
捏在手中摇晃
不时地向村口遥望
夕阳喝得酩酊大醉
天空酡红无比
不知来自哪里的风吹黄了麦子
吹湿了你的等待
你　不肯回家

我就在你的不远处
踏进苇塘，收集你心爱的萤火虫
累了，直起脖子仰望
星星说：你是个涂满淤泥天真的孩子

我笑着跑到麦垛下面，对你说：
你是个涂满淤泥天真的孩子
你跳下麦垛，哭着回家

过了好些个月
你才淡忘此事
我的梦也一天天地辽阔
你是我梦的草原上最美丽的女孩
喜欢躲在麦垛后面等我去捉

你常说钓鱼不好
我不知道你是同情鱼还是怕等待
你常骑车摔倒
却喜欢载着我练习
我不知道为什么你不怕疼却容易哭
你常在白纸上涂画有趣的文字和图形

然后问我看懂了没有
我点点头

你微笑着　让我说出来

我摇摇头

你哭着离去

我本想说我看见两颗心连在一起

我本想说——

所有拨弄麦苗的清风都来自爱的源泉

我本想说——

所有攀过无数山川的薄雾都来自爱的源泉

我本想说——

所有回转逶迤的道路都来自爱的源泉

我本想说——

所有苍老弯曲的头发都来自爱的源泉

我本想说——

所有含泪的眺望都来自爱的源泉

我本想说——

所有真诚的沉默都来自爱的源泉

就像天空告诉我：

爱来自蔚蓝的生命
抬头仰望是一切的答案

也许　我缄默不语
也许　我在等待一个秋天

我正站在山岗之巅
一匹红马燃烧着夕阳，穿过麦臼
遁迹在丛林中
河流跟花儿一样在迢远的地方含苞待放
山下——
炊烟，房屋，犬吠声以及
一座座敬畏的麦垛　自然的军队
还有妇女、拖拉机
你依旧坐在田野的麦垛上
沉默得像手中摇晃的麦秸

仲夏夜降临，巨日消融，歌舞升平
两口子并肩走着

孩子们周围嬉闹
老人牵着黄牛，黄牛载着小孩
小狗摇歪了尾巴乱吠着
拖拉机轰轰地响

这一队人马
踢踢踏踏地
朝村口前行

大地在一派深蓝中沉酣
小红马不知所踪
你没有离去
如果你在这里
你会哭

月亮升起，黎明东山屯兵
太阳升起，黄昏也不再悠闲
日复一日，年复一年
时间的风吹响了生命的水流

你就静坐在水流之上

开始微笑，望着青草，也望着我

我不必担心你的眼睛起雾

因为

我也是一阵清凉的风

心灵的空旷是为了倾听成长的回声

因为

过去的日子在未来里若隐若现

但从不出现

童年是为了歌唱自己的原野

长大是为了走进世俗的沙土

以后的日子里

我都在频频呼唤自己的原野

写于2006年，哈尔滨

致润芳

你是个千金
我是个牧羊的少年
请让我爱你在梦里

我看到一座花园
可是栅栏很高
我爬上月亮的窗子
跳进你的花园
你说，咱们种花吧，在起重机下
我说，咱们牧羊吧，在大草原上

我想从你的花园里出来
你说，花园里有个后门
我说，我还能飞

栅栏很矮
划破了我的裤子

草原有条小溪
溪水是蓝色的
溪边有位圣人
圣人从未笑过

你还在种花
种在比月亮更高的楼上
种在比化石更古老的花园里

写于2006年，哈尔滨

静静的渴望

苍白的浮云
悬得太高
一会儿被风鞭笞
一会儿被太阳灼伤

我的静静的渴望
我俩一见钟情
蜻蜓点水地掠过一切不幸
在你亲手为我种下的幸福里
永远埋葬

我们在起重机下结的婚
城市骄傲的汽笛
是来自教堂永恒祝福的钟声

世俗是你最平凡美丽的婚纱

你无须懂我被冻伤的苍白
和身上厚实沉重的积雪
快乐是你给我的一座雪山

还有屋檐上悬挂着的
渐渐涨大的水珠
是我的静静的渴望
坠落瞬间的美丽

我如同苍白的浮云
来不及端详　安放在浪尖上
我的静静的渴望

写于2006年，哈尔滨

告别

本想跟你挥手告别
手却被钉在秋的树上
干枯成暗灰的枝
它们都指向匿名的星辰

风经过两条黑暗的河流
迎面袭来，吹溢了你眼中浇筑的寂静
你的长发却紧紧地缭绕于一根无形的枝节
向你渴望到达的屋檐攀缘

我被这一意象围困
目光的双手该伸向哪里
触到浅滩上一个空空的水罐——
长满了时间腐蚀的木纹

窗户、山岗、黑夜以及我的所有日子
同时钟一样沉默
我寻求最初的火种
在黑匣子的裂缝中燃起

写于2006年，哈尔滨

总有

总有黑夜爬上树梢
看见微光
总有花开的岛屿
没有结果

总有蚂蚁咬住木板
洪流里颠荡
总有孤独的鱼筐
打满一缸清水
总有烟蒂安然地
睡在将沉的乌篷船里

总有蓝色火焰
在深海燃起

总有燎原烈火
在野兽的眼睛中熄灭

总有人没看见土墙浓绿的文身
玫瑰陈旧的血丝
总有人没触摸到向日葵的王冠
大地老者的根须
总有人没到达山顶
像西西弗斯

总有痛苦是快乐的背影
总有快乐是痛苦的风景

写于2006年，哈尔滨

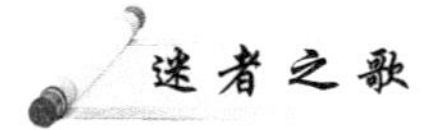

假人

水中央白马的倒影
煤堆上蔷薇的残骸
枯叶蝶停在秋的枝上
蓝色火焰从梦中燃起

童年被沙土扑灭
从姑娘的辫子上滚落
沉寂成坚强的石子
在海面上跳跃

记忆是个黑孩子
插在煤堆上傻笑
幻想充斥着整个荒谬的世界
使之变得传奇，变得美丽

一切喧哗都是时间的鼾声
一切宁静都是时间的沉默
什么都是时间的
我们被打翻在地

在爱的领域
我们十指相扣
缓慢地打转
画下一座座苍白的房子和花园

写于2006年，哈尔滨

宽恕

我固执地
想采摘那颗美丽的果子
招她到我的玫瑰水域嬉游

我的目光亲吻她鲜红的嘴唇
可擦不掉她的雨水
等风来了
雨水不再映照她的眼泪

我们相隔一步
仅仅一步
一定是手握玫瑰的圣人有意雕刻的

在有限的黄昏里

她终于投进我的怀里
光线太暗
我点上油灯
看见她正在快速衰老

我紧紧拥她在怀里
一根白发系在风中
等它降临土壤，被落叶覆盖
在无限的黄昏里
总会发芽

写于2006年，哈尔滨

潜意识（两首）

（一）

我想象一艘古老的帆船
同哥伦布一样古老
一个小孩立在船首斜桅，双臂展开
像飞鱼滑翔在妇人的眼睛里
海涛滚滚，一浪攀过一浪
纷纷扑向供奉神秘晚餐的岛屿
我想把这些入画
画的最远处，在地平线上
巨大的灰色眼睛
在金黄中雕刻着审判者的一个问号：
船陪同一座青铜像沉沦
孩子欣喜地跳下海去

（二）

呵
就像在梦里一样

我竟不停地用头撞击墙
不论用多大的力气
不论选择墙的哪个位置
墙和我都安然无恙

我也不是非得把墙给撞塌
或把自己撞得头破血流
我就这么无休止地撞击着
就像时间敲打着海面
无垠而无聊

直到生命终结
我哀叹道：
这一生过得真是漫长

呵

就像梦一样

写于2006—2007年，哈尔滨

原来

我沿墙攀爬
你滑至底端

我滑至底端
你爬至顶端

我缓慢朝你逼近
你紧缩于一点

我狂奔着向前
你消失无影

我愤怒地撞破墙
原来什么都没有

原来什么都没有

我改变了我的生活

写于2006年，哈尔滨

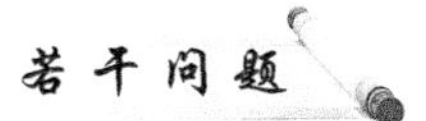

若干问题

有人拜访老友
他对孩子说：
你长高了
临走时
他对朋友说：
门槛低了

有人满脸泪水
把瓶子埋进沙里
埋得很深
瓶子里什么都没有
透明，没有标签

有人劫后余生

什么样的生活
他都能快乐
什么样的痛苦
他都能承受
人们费解此事
他说：释放生命之重

有人边舞边唱
霓虹闪烁
歌声碾碎成秒针的哀鸣
灵魂的山谷喧嚷
密谋着冲垮时代的空虚

有人拿起石头
抵抗执枪者
鲜血染红了衬衣
被捆绑的人们
嘲笑他的鲁莽
嘲笑一切反抗的血液

有人寻找家园

在布满尸体的山丘

在染红的河流

在炮声中残败的生命

最后

他在空旷的废墟安顿下来

写于 2006 年，哈尔滨

一分子

麻雀叼起橡胶
成为轮胎的一分子

海螺的壳被铁光照亮
我们是煤炭的一分子

时间永不疲倦地飞转
人们用一堆废品堆砌生活

夜从四面八方洒落下来
犹新的空虚是时代的一分子

写于 2006 年，哈尔滨

宿命论

“我将死去，是的，就在今晚……”
他像疯子似的不停嘀咕着
赤着脚
游走在冰冷的街上

路灯下
皮鞋独自起舞

灵魂的广场
乌鸦遍野
野兽被挂在枯树上死去

墓地上
皮鞋独自起舞

死前，他看到：

神的院子里挤满飞舞的东西

犹如在一幕逝去的倒影里

树梢上

皮鞋翩翩起舞

时间的女儿慢慢揭开黑纱

他枕着一个全新的信仰睡去：

美人鱼搅动大海的意志

写于2007年，哈尔滨

探索

一双眼睛滑入一只鞋
“好一个别有洞天的地方，
灵魂都将被黑暗和恶气镂空，
死亡是如此地诱惑和动人。”
一双眼睛愤愤地说道
一双眼睛沉睡在鞋垫下
胡须像蔓草一样滋长

一双眼睛滑入一间石屋
围着火种歌舞
把未发育的肋骨烤成女人
一双眼睛镶在两扇门上
一动不动，像被死亡浇筑

一双眼睛滑入柏拉图的玫瑰园
每一对相爱的玫瑰都在水一方
一双眼睛爱上一双眼睛的
感觉，肉欲，未知数
一双眼睛在三元色背面讪笑

一双眼睛滑入音乐的源头
一双眼睛弹奏贝多芬的曲子
一双眼睛渴“望”缪斯之欧忒耳珀
一双眼睛释放一双眼睛
一双眼睛解救一双眼睛

一双眼睛的主人
在大地上探索
天空中
一双眼睛为自己举办了葬礼

写于2007年，哈尔滨

井

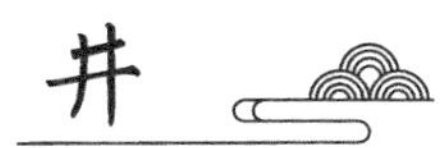

我跌落井中
海水般的虚无将我淹没
无数条蛇从空中悬挂井内
它们舞动着
魔鬼的裙摆在海中摇曳

阳光是真实的
阳光是乐观的
阳光成了我主观中的阳光
蛇群在阳光下熠熠生辉
它们化身绳索向我招手

我攀爬上去
主观意识在梦幻中延伸

离井口越近
便离井口越远
井不断拓延
成了海本身
井水在井内滋蔓上涨
而井水又无须这般运动
井从来都是海本身
我成了梦幻中的阳光和海

我撒开双手
沉沦在海里
沉沦在本真里
井外响起爱情的歌谣

圣人告诉我
爱情是那些蛇
爱情是那些绳索

但我知道

即便艺术充斥整个井内

即便生命超脱其自身价值

我们仍浸泡在海里

在一片快活的明与暗的交换中幸福

不知从何时起

我成了这永恒的井底之蛙

写于2007年，哈尔滨

黑袍里的虱子

静坐窗前

我看到

她在唱歌

镰刀般的歌声

让她置身一片空白

或是另一片空白

如果有谁告诉我

歌声源自黑袍里的虱子

她

没在唱歌

她死了

我又是多么的相信啊

虱子发好大的脾气
简单如死的歌声
摧毁一切
又被空白撕碎

虱子疯了
把她变成一堆篝火
在镰刀上起舞
陪伴它们的
竟然还有我的影子

我写下这些
并不知道我会写下那些

天亮了
什么都没有
我不知道自己是不是本我
我躲在祖先的黑袍里哭泣

写于2007年，哈尔滨

断章五篇

（一）飞鱼

重叠着滑翔
重叠着
飞鱼、幻想和褐色
溺亡在白光的螺旋中
一齐吞噬熟眠中的少女
山毛榉内核中永恒
闪耀着这段腐肉般的祥和

（二）正方形

正方形在正方形中正方形
正方形的孩子在棺木的正方形上

正方形式的酣眠

正方形的黑暗覆盖黑暗正方形的正方形

正方形的不安在正方形内核微笑

预见地平线正方形式的深渊

天堂跟这片沃土正方形式的重叠

人们重叠地穿过正方形

以其各自正方形的姿势

正方形的孩子梦见正方形的未来

透明了正方形式的旋转

（三）菊

你　寻菊

在雾的回声里

在回声的雾里

你　寻菊

在意念的拐角
你　寻菊

你　寻菊
在拐角的意念

你　寻菊
高高的水

高高的水
菊之墓

（四）时间的颜色

你企图描绘时间的颜色
像在捕捉飞鸟的影子
而清晰的是
没有特定的时间
让你们突然老去

（五）灵魂的口袋

我希望灵魂能像口袋一样翻开

让阳光驱散岁月留下的疲惫湿气

做一个捍卫灵魂勇敢的雨中骑士

别让城市的汽笛在灵魂的中心喧嚷

他们总是痉挛般的笼罩住你生命的水流

写于 2006—2007 年，哈尔滨

梦境

像海水般的蓝色液体
搓洗着坑洼的表面
世界在黑暗中显露本质

几座高高的废墟
我们孤立在中间
像两个死去的假人

根缠绕着根，深陷内核
沿途是梦幻的腐躯：
绿的红的蓝的绿
绿了红了蓝了绿

灰色的黎明

吐出千万根毒针

我们，两个假人

标志着某种极致

写于2008年，哈尔滨

夜

浑浊的微亮褪去
蛙声如潮
夜起满褶痕
匿名的星辰葬身湖底

一枚纽扣滚落山崖
打灯的孩子从洞穴走出
黑天鹅飞檐起舞
幽深的竹林飘荡着灵魂的游丝

时间将黑幕打磨得纯净光滑
雨水渗透进意欲的土壤
山脊连绵浮动着远征者的身影
探索正方形边缘的内核

东方吐白

断裂的大地长出血迹干透的双手

写于2008年，宁波

屋内的路

路诞生于点
屋内蔓延
变宽变厚不断衍生
到处都是路
空间越来越小
赶走了一个女人
又一个女人
男人无路可走

摆钟哀鸣
虚化了男人的存在
红蜘蛛爬进镜子
它总在里面
沿着光的方向爬行又折回

男人砸破镜子
红蜘蛛爬上路
男人无路可走

跳跃的路
如涌动的血液翻滚
男人被挤成孩子
孩子般的痛哭
所有的路退缩
直至褐色的斑点
空间不断拓展
意识在世界边缘燃烧
一切如初

写于2009年，深圳

无眠之夜

今夜无人入眠，爱与美的女神月光下流泪。我想象着，你在梦里吻我。

梦中的花园很快消逝，流水般远去。我策马狂奔，带着灵魂冒险，让佩剑沾满夜的鲜血。

月光湖面，雾霭弥漫。我头戴夜的光环，丛林漫游，攀过一座又一座的山，掩映在童年中老去。

微风拂面，阵阵清凉携我思考爱的含义，“我”的概念渐渐模糊。

我们即我，我们在丛林中安顿，我们搭建爱之国，我们拥抱彼此的心灵，我们无所畏惧，我们即我。

我们纯粹如水，恰如爱情的本质，人神共羡之。

夜是神秘的源泉，夜是欲望的极致，你熟眠于夜的怀抱里。

你如此至美的玉体，暴露在夜的邪恶嘴边，我怎能入睡，我将化身光明，拥抱你至天明。

写于2009年，深圳

天堂

我端详着一面无法穿透的水镜
内盛着光滑明亮的沉默，没有我
云海里不时地掠过似曾相识的鱼儿
虚无地游走，了无灵魂

只感到时间不停地回旋
浪迹在陌生的路上来了又回
远离大地的喧嚣与躁动
活生生的思想被永生不断地消解

我坐上绝对平等的渡船
看到彼岸僵硬的欢呼与微笑
更是悲伤地发现，曾经寡欲的圣人疯狂缠绵
而曾经忙碌的智者沉入梦的深处

生命与时间同在，单调而不息地奔流着
除了镜子，这里应有尽有
如此的赐予比地狱更加可怕
梦中的飓风请将我送至轮回之门

面对神灵创造的完整无缺的美
面对一座座循环不绝的楼梯和墙
我明白，这是我的劫数
终点是一切意义的起点

写于2011年，香港

致木恩

过了这么多年
我还是没有收到你的歉意
连地上的蚂蚁都知道
我是一名真诚的学者
连天空的飞鸟都知道
我是一名善良的诗人
甚至连枯黄的树叶都知道
我是一名帅气的小说家
可你就像只刺猬
把自己狠狠地保护起来
独看千山万水
独享最美的春天
哦，不对，是豪猪
有时会狠狠地放一冷箭

你是我人生中最伟大的敌人

过了这么多年

我还是没有向你道歉

听蚂蚁和飞鸟都说，你还叫木恩

木恩，木恩

念着我取给你的名字

像是在唱着忧伤的歌

当你看到这些文字

请把它们当成我的歉意

并接受它们

如果你始终没有看到

那么我会让全世界都知道

一个真诚的诗人跪在干草地里

双手合十，面向远方

他什么都不会说

除了一遍又一遍的赞美

写于2014年3月16日，香港

呐喊

我一切的一切都可以给你
可我不能给你
我的翅膀和玫瑰花园定不能给你
在世界的任何角落
或风起　或水静
我都会这么说
哪怕你我都是永生之躯
哪怕我只剩最后一口气

如果一定要给
我也只能给你一只胳膊或一条腿
如果还不够
我愿给你血色的黄昏
彩虹下的泥泞

还有毕生的所有鞋子

我是月亮之子
是大田中学最爱写诗的天才
我的光亮注定孤独
哪怕有再多的星星
我的爱情注定无望
哪怕有再长的等待

你就站在救我的那个悬崖
没有质问　没有泪水
你只唱着我们的校歌
一遍又一遍地唱
最后你抬起头
看见满天的玫瑰
它们是白色的
彼此是孤独的
可你还是笑了

你说

苏秀是个傻子

写于 2014 年 3 月 19 日，香港

致青青

我曾对你说
当我遇见你
便爱上了你
但不希望明天再见到你
以后也不会
我只是这么一说
没想到你这么当真
世界是圆的
学校的操场是圆的
我们市里的商场也是圆的
我们总是不停地再遇见
可没有再见面
爱上你
像爱上不知疲倦的流亡

我只能

到更危险的地方去爱你

到更忧伤的地方去爱你

让子弹狠狠地穿过我的肩膀

让鲜血如樱花般绚烂

让疼痛蔓延至爱的每一个角落

只有这样

我才能说爱情和诗歌一样伟大

写于 2014 年 3 月 28 日，香港

致孤独的诗人

天地从未如此辽阔
只有一只飞鸟停在我的枝上坐看闲云缠绵

好像每一步都踩在城市的制高点
陪我歌唱的只有那疯狂的警笛

在轩尼诗道永远都遇不上相识的人
我差点以为迎面走来的帅哥是另一个自己

仲夏夜能一起吹牛喝酒的伙伴越来越少
谁让我年纪轻轻就写了这么多好诗

我率领着玫瑰军团从四面八方奔涌而来
你只一转身卷走了整片天空

天地从未如此辽阔

只有一只小象慢慢地、慢慢地翻过我的脚背

写于2014年4月1日，香港

致父亲（节选）

我血液里的童真要还给清晨

我将写下的诗歌要献给黄昏

我未来的道路只能通往一处

一处功利的现实主义的广场

我只能选择一种谋生技艺

忧伤的石头也要长出新芽

我知道以上的一切都不是你所愿的

你的伟大也正在于此

你总是对的

连我的诗歌都精确地预言了我的爱情

童真还真是个十足的马后炮

如你在深圳看到的

狂风暴雨之后

我走出庭院

只望着香港的方向
你紧随着我
只看到我的背影
两个看似冷漠的人
其实爱得深沉

写于 2014 年 4 月 3 日，香港

致两个冷酷的人

你再不跟我说话
星星都要掉下来了
你再不跟我说话
向日葵只向着自己的影子
你再不跟我说话
蜜蜂和风都将停止工作
看在我有着树的气质
和水的性格
请跟我说话
只有你跟我说话
大地才能生机盎然
有情人才能终成眷属
当你想明白了
请走进细雨里

走进我的伞里

注视在伞的边沿

有一颗渐渐涨大的水珠

就在滴落的刹那

请立即跟我说话

写于 2014 年 4 月 5 日，上海飞往纽约的飞机上

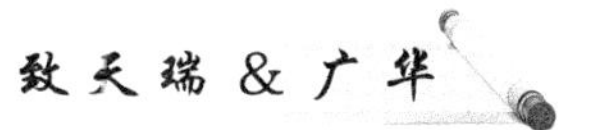

致天瑞 & 广华

爱情的婚纱在你身上闪耀
远方的石头传来朗朗掌声
我们把满屋的音乐吃个精光
连手中的冰酒都热得发烫

你们一定惊动了夜空
不然满天星星岂能越闪越亮
你们也一定惊醒了大地
不然万家灯火岂能长夜未央

你们在时间的桥上放飞风筝
线缠到了一块
风筝也缠到了一块
却能越飞越高

正如你们的爱情

比鸳鸯登对

比雪花祥瑞

比玫瑰华美

写于2014年4月15日，香港

苏秀的两句诗

逗你开心可不是件容易的事儿

可今天是怎么了

我才说了两句话

你就笑得阳光灿烂

比盛唐诗歌都要灿烂

在你动听的笑声里

我仿佛听见一段三拍子的小步舞曲

你说我幽默风趣有内涵

你说我是个唯美浪漫主义者

你说你已经爱上了我

但我是个诚实的人

我必须承认一个事实：

我刚才不过是借用了苏秀的两句诗

所以我压根儿就不是个幽默的人

我也悲凉地意识到另一个事实：
所有被那两句诗逗乐的女生
都应该去爱苏秀
也包括你
只有他才拥有一颗美丽而幽默的心灵

写于2014年5月3日，香港

新岛

你是献给国王的一个梦

毫无征兆地

在我的船上醒来

没有辜负露水

和朦胧的黎明

我们势如破竹地爱上了对方

小说家还在四处打听

天使早已传唱我们的爱情

终于

船就要到达这座新岛

这是我唯一的希望

希望让睡梦永恒

或让我瞬间老去

写于2014年5月9日，香港

苹果

如果

每个人的脑袋都是个苹果

那么

你那个一定是最好吃的

因为你正当红

还有闪耀着的稚嫩雀斑

听老人们说

这样的苹果最甜

就在今晚

我咬你一口

你咬我一口

让我们咬出个欲的天地

再咬出个爱的奇迹

写于2014年5月9日，香港

相信爱情

在我风华正茂的时候
你只需蜻蜓点水
我便会掀起一场革命
而你渴望浪尖上静静地渴望
当你在细雨中跑远
我才看到最美的风景
风景中你那一头浅红的美丽长发

如今你再次亲临我的湖面
在一片苦涩的宁静中
饮水、濯洗、翩翩起舞
尽管我小心翼翼地躲到丛林后面
你还是一眼就看到了我

飞向我，并又一次静静地爱上我

爱上我这个迟暮的英雄

写于 2014 年 5 月 31 日，香港

致剑剑 & 大晶

那年夏天
晶莹的雨滴打湿睫毛
没等你眨眼
幸福就来了
来得太快太突然
想想还有点小激动
你们来到丛林
是丛林的一分子
是花　是树　是晨露
爱情像大自然一样永不磨灭

据说只有单纯的恋人
才能找到天空之城
今年冬天

这个城市突然变得好高
甚至可以在月亮上
镌刻这一夜温柔
这一世承诺
来吧　朋友们
让我们尽情奢华
耗尽那满天星光

写于 2014 年 12 月 6 日，香港

墓志铭

是的
你来晚了
你错过了一个天使的谢幕
他风华绝代
他年轻有为
除了爱情
他拥有过一切

写于 2015 年 7 月 1 日，香港

蹦极

悬崖边上，意气风发，惊艳，能量源源不断。

退后十步，起跑，加速，临崖一跃。

伴随一声惨叫，夕阳西下，叶落千丈。

写于 2015 年 12 月，香港

入诗

你总是急迫地想走进我的诗里
或许太匆忙
你只在水面上留下你的名字

写于 2015 年 12 月，香港

说话

不是我不想跟你说话
你也知道
即便在咖啡馆面对面坐着
我们也说不上几句
你顶多说说你家的猫
我顶多说说最近的电影
我也不知道哪句话会误伤你
你总是这么的敏感

写于2015年12月，香港

意义

你是我人生的意义
但我知道
我不会和意义在一起
我不断地靠近你
然后又不断地远离你
就好像西西弗斯永远不会到达山顶
也许是神的旨意
也许是他的选择

写于 2015 年 12 月，香港

生气

如果我有一百句生气的话
我想我会告诉你
以歇斯底里的方式
如果我有一千句一万句
我想我也会告诉你
以沉默的方式

写于 2015 年 12 月，香港

孤魂

人群中我大摇大摆地走着，步伐稳健，气宇轩昂，仿佛我长有一双巨大的翅膀，仿佛身后是千军万马。

但以你对我的了解，我只是刚看完一部电影，或刚听完一首歌，误以为自己是故事的主角，并汲取了某种力量。

也许我只是害怕一个人。我害怕深夜，如同吸血鬼一样害怕黎明。我害怕当我张开怀抱的时候，连风也是静止的。

爱一个人是可怕的，像掉进蛇窝，像迷失在一片满是沼泽的红树林里。

但其实时间久了，这并不可怕，蛇会变得可爱，红树林会长满果实。

当我感叹时间是良药时，那才真正可怕，像一个人孤独地在太空漂流，穿越无数星河和黑洞，我却安然无恙。

可我知道心是空的，了无生气，像个孤魂野鬼。

在河对岸望着你的身影，或望不到你的身影，我不知道这两者的区别。

写于 2015 年 12 月，香港

致 Linda & James

你凝望着眼前的那片海
日复一日，年复一年
你就静坐在长椅上
无数次地梦回紫荆广场
苍穹之下，默默等候
可你的头发并没有变长
你也感受不到风
雨水也无法经过你
你在贝壳和珊瑚中间
静静闪耀，美得让人绝望

Wake me up，wake me up
爱情是一个人唤醒另一个人
他来了，是个绅士的船长

冲着你的光明骑士笑了笑
螃蟹只好无奈地放下两把斧子
隔着玻璃，船长亲吻了你
你走出苍穹
又走进了苍穹
里面是两个人
是一个天地，是永恒

Oxford教堂的歌声响起
树木亦变得虔诚
一叶扁舟驶过昨日的街道
一粒麦子留在了天空
风吹过你的身体
浅红的长发旋涡里开出一朵玫瑰

写于2016年2月28日，香港

睡意蒙眬

睡意袭来的时候
一定要抓住它
要做一个酣然入梦的人
不管在丛林还是闹市
一定要狠狠睡去
去到云端
去到雪山
去到你曾渴望的地方
从地球的一端睡到另一端
或置身海底
就这么一直沉睡下去
总之你要一直睡
一直睡

睡到时间空间都消失了

也许你真的会遇见另一个自己

写于2016年6月10日，香港

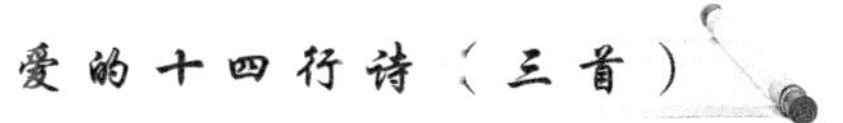

爱的十四行诗（三首）

（一）

我们如此羞涩，每天的第一句话是，早安
像两个孤独的灵魂，在五彩经幡下暗暗闪烁

慢慢地，我们把早安变成了晚安
像两只小鹿丛林追逐，消失在夜色温柔中

要不是你的美掀翻了我的所有诗句
惊鸿一瞥，我就不会哑口无言

人群中，你是可怕的存在，是美的极致
可如果没有你，我终将无处安身

我们宛如新生，步入缥缈的仙境
像两只绝美的蝎子在荒漠中相遇，缠斗一生

在无数个宁静的夜晚，仰望星河，遗忘了世界
唱未唱过的歌谣，做未做过的美梦

现在我们就要纵身跃下，跟倒霉的日子一一告别
像一首迷惘而浪漫的前奏，从湖底层层叠叠地向岸边逼近

（二）

废墟上　你是翩翩起舞的精灵
刀尖上　你是摇摇欲坠的鲜血
在一堆缥缈的宝藏中
你是我唯一的不义之财

透过玻璃　晃动的水草

焦躁的知了的叫声
我只看到闲游的鱼儿
你脸上咸涩的汗珠
流进幽谷　芳香　柔软

落日下　神秘的树影装点客厅
宁静中　失忆的鱼儿窃窃私语
你坐在沙发的另一端
像只蝴蝶沉浸在迷梦中
我们彼此遥望　仿佛刚刚认识

（三）

是唱不尽的诗经
是放不下的古琴

是飞檐上迷失的白鹭
是迷雾中受伤的麋鹿

是永不坠落的流星
是永不凋零的紫荆

是草原上流转的白色星河
是星河里飘扬的五彩经幡

是万丈悬崖下的幽谷
是幽谷里的一道圣光

是河对岸的红树林
是无人知晓的孤岛

是做不完的幻梦
是走不尽的雨巷

写于 2016 年 12 月，2020 年 6 月，2021 年 4 月，珠海

等待

夜幕降临

我不能再待在办公室了

除了疯狂地想你

我似乎什么都完成不了

独自来到日月湖边

眼前的潭水是你的玉体

狂风四起

我的欲火差点毁了整个校园

所幸我掐灭得及时

要不然整个珠海都得遭殃

我像被刺骨的海水包围

每一滴海水都是离别之痛

七个漫漫长夜如七座大山

每座大山都顶着一轮孤月

平静深黯的海面

一排排路灯如疾风般亮起

如梦初醒让我更加不安

因为我突然意识到

明早还要去广州上一门课

排队论，等待的哲学

写于 2017 年 3 月 4 日，珠海

夜之寂静

我艰难地沉入浅海
华丽的衣裳漂浮在水面上
只要我探出头
就会重新穿上这令人生厌的家伙
波光幻影间
我享受片刻的宁静
仿佛回到了旧日街道
我穿着校服，呆坐在那里

手指轻触水面
用力弹向天空
让自己置身细雨之中
我不断重复着
直到听见一段诙谐的音律

从无尽的宁静中跳跃出来

我紧紧跟随

消失在窗外无声的车流中

写于2018年7月1日，珠海

夜之幻想

我是海中的巨人
静默而永恒
如同对你的爱

穿过幽暗的竹林
望着无尽的台阶
我不敢轻举妄动

遥想你是我的半壁江山
我们在飞檐上热舞
绚烂星河中睡去

我悲伤地坐在这里
曾经是如此渺小而自由

像只蓝色海豚飞向月亮

你说　不要悲伤
我们接着热舞吧
群蛇中我不敢轻举妄动

写于2018年9月2日，珠海

随风而逝

流浪，我跟世界友好相处的唯一方式
黑夜，我一意孤行

你我，彼此的暴君
2316封未读邮件，你杳无踪迹

宫殿长廊的尽头，德辅道西的街口
你的影子，我不断逃亡的理由

桂庙新村，暴雨如注
伞下的你，水墨画中的唯一色彩

灯塔，我们与独角兽席地而坐

星空，水母精灵演奏着无声而瑰丽的交响乐

写于2018年10月4日，珠海

在云端

和我朝夕相处的日子里

你最难忘的还是离别

哪怕是短暂的分离

都像把利斧在砍着你的心

你总是幻想我会提前回来

像只鸟儿突然就飞到窗前

你总是神不守舍

望着紫罗兰的天空

也许将来我们就住在云端之上

写于 2018 年 10 月 9 日，纽约

相遇

相遇的人会在遥远的地方相遇
那里白雪皑皑　荒凉辽阔
你站在枯树下　半个身子没在雪中

相遇的人会在遥远的地方相遇
那里烈日当空　车来车往
你站在街对面　手里拿着一杯咖啡

相遇的人会在遥远的地方相遇
那里碧水蓝天　鱼儿成群
我们围着一只红色的海豚打转

相遇的人会在遥远的地方相遇
那里虚无缥缈　亦真亦幻

迷雾森林　我知道曼妙的背影是你

相遇的人会在遥远的地方相遇
那里极致狭窄　无限流淌
我们紧紧追随　直到变成两个生命

写于2019年6月4日，珠海

歉意

每个人表达爱的方式不同
比如你就从来不会向我道歉
比如我总是对你跪着唱那英的《征服》
更多的时候
你像个死神坐在悬崖边上俯瞰大地
你的内心如此平静令人惶恐

你是不是不爱我了
我千万次地寻
在你降临的灯塔下等待降临
在你迷失的丛林中迷失自己
你总是沉默不语
仿佛看透了整个世界

时间一分一秒地流逝

你像一摊水被沙漠吸收

像一块巧克力被热浪融化

突然间你跳到我的面前

好像用鬼手刺穿了我的身躯

你说　爱是爱的重复

爱是爱的重复

我不禁重复了一遍

写于 2019 年 7 月 5 日，珠海

西瓜

在所有的水果中
我只爱西瓜
就像我只爱你一样

我不爱奇异果　因为太酸
我也不爱榴梿　因为太臭
虽然这些都是你最爱的水果

我更不爱杧果　因为过敏
曾经我吃了一整个夏天的杧果
到了秋天　我只能离开了她

在所有的西瓜中
我只爱黑美人

连籽也一并吃进去

在所有的黑美人中
我只爱最美的那个你
白里透红像个苹果

写于 2019 年 7 月 7 日，珠海

缪斯

你是这个城市的唯一色彩
夏日　海风　碎花裙
你是平静湖面的唯一波澜
笑语　星空　太平山

在一个迷雾的清晨
你离开了这个城市
我疯狂地找寻每一个角落
在十字路口站成永恒

千万只灰色的梅花鹿穿过街道
千万片灰色的枫树叶从天而降
看着路面倒影中黯淡的城市
我的内心突然变得安宁

一千多个日子里

唯独今晚格外漫长

镜子中的西服

好似深蓝

写于2019年10月27日，珠海

80后幸事

路边烧烤　麻辣烫
咖喱鱼蛋　车仔面
油腻得廉价得无可救药

娶最美的温床
睡暗巷的沙发
肮脏得快乐得无可救药

越是动听的情话
越是煎熬的时差
谱写一曲新时代牛郎织女

古人有云　幸福是有限的

不管你多么努力

总敌不过一次无法挽回的刺伤

写于 2019 年 12 月 7 日，珠海

凝视

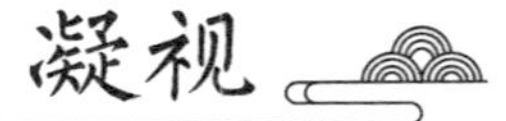

我绝不能停止凝视你的眼睛
正如初见时害羞的对视
哪怕是睡着了
我也要在梦里一直凝视你

我们彼此对视着漫步丛林
我们彼此对视着水中嬉戏
也许我只爱你这么多
但我愿意一直爱下去

你的凝视如彩虹般绚丽
你的凝视如时间般永恒
你的凝视是欣欣向荣的生命之树
你的凝视是悬崖边上对我的拯救

我们彼此牢牢地凝视

因为看尽了人世间的分离

写于2019年12月23日，珠海

时代宠儿

无风　掀起巨浪
晴空　冰雹肆虐
缝隙中寻求裂变
星河中寻求微尘

是丛林深处的惊雷
是冉冉升起的导弹
是轰隆隆的坦克碾过村庄
是静悄悄的顿河狼烟四起

悬崖之上　忘情独舞
悬崖之下　泪眼瀑布
沉默依然是最好的武器
失联是致命一击

有些人从来没去过远方

因为一直在针尖上徘徊

写于 2019 年 12 月 28 日，珠海

和为贵

这一记耳光让平凡的世界余音绕梁
这一记棍棒让迷茫的人生豁然开朗
这渗血的抓痕是爱的图腾
这一脚飞踹为叩谢命运的青睐

有的人噙着泪在胜利的废墟中楚楚可怜
有的人忍着痛在无眠的黑暗中喋喋不休
无论是以卵击石　还是以石击卵
赢的人总输得一塌糊涂

也许雨水能冲淡血迹
也许时间会抹平伤痛
但在歉意铺陈的爱意里
往往蕴含着犹新的敌意

有的人身中百箭

依然傲立珠峰如钻石般闪闪发光

写于 2020 年 3 月 4 日，珠海

摇晃

喝最烈的酒
赏最美的风景
烟火在头顶绽放
脚下的人们如蝼蚁般行色匆匆

“河对岸是哪里？”
“另一个城市”
“你去过吗？”
“你去过”

你点燃最后一束烟火
警车的汽笛由远及近
我们仓皇逃窜

消失在人群中

“河对岸是哪里？”
“城市的另一边”
“我们去过吗？”
“我们就住在那里”

我喝完最后一杯酒
踉踉跄跄地跌入星河
我不敢睁开眼
除非我在你怀里

“河对岸是哪里？”
“这里”
“怎么可能？”
“镜中的世界”

我终于看清河对岸的自己

独自畅饮　手舞足蹈

要不是你在这里

我也会跟他一样　像个傻子

写于 2020 年 5 月 4 日，珠海

消逝（三首）

（一）

每一次逃离都铆足了劲
像野马飞向悬崖
每一次坠落都随风飘散
像蒲公英葬身火焰

第一次来到这里
也是最后一次
或许碰巧路过
或许永不错过

大雁南飞
鲟鱼西游

这是意欲的启程
也是宿命的归程

终将安顿下来
不是这里
也不是那里
天地辽阔间

访琼楼玉宇
入缥缈仙境
闲云落雨亭
花香伴鸟鸣

伫立在巨轮之巅
无论是往前一步
还是坐看世事沉浮
都将是最后一舞

夕阳下的旧林

影子斑驳交错
溪水潺潺幽处
儿伴垂钓忘返

我们奋力策马前行
只为相聚而离开
不怕群山万壑险阻
只怕往事提刀追逐

（二）

不再有动听的音乐
不再有美味的佳肴
盘坐高山之巅
瞭望大地
大地亦是众生
众生亦是自己
自己亦仰望高山
或静处一室

与斑驳的墙面对视
不响不听不思
一切皆无法追忆
如同闲云飘然而逝
如同流水永不消逝
不再相信命运
不再相信缘分
盘坐竹筏随波逐流
感受鱼儿嬉戏畅游
感受江鸥信步悠悠
夕阳西下树影白马
晚风拂面远山古塔
岸边渐渐热闹了起来
老人牵着水牛
水牛驮着孩子们
孩子们的笑声山谷回荡
我不敢睁开眼
除非你抱紧我

（三）

云海之上惆怅
十字路口迷茫
球场上十投零中的三分
考场上离题万里的作文
往事不断翻涌
我变成一个小人
误入古老的花园
我看到
亲人在无尽的阶梯劳作
少年在破败的壁画挣扎
树在疯长
我在树下
只有爬上高高的树梢
才敢回望清苦的生活
天地不仁
逝者如斯
花园散落成一块块石头

和一根根腐烂的木头
像千万只蚂蚁
在我的心上凿出一座城池
复杂而精致
曲折而美丽

写于 2020 年 5 月，珠海；
2022 年 5 月—2022 年 6 月，北京

言说（三首）

（一）

狂风骤起　暴雨将至
你从缤纷落英中走来
顿时雷电交加
我竟有些不知所措

“没想到能在岛上遇见你”
你没有说话　紧紧地握着剑
“要不我们先进屋躲躲？”
伴随一声巨响　剑在喉上

你看向别处时　我才看清你的脸
“这么多年过去了　你依然年轻漂亮”

你没有说话　一剑刺中我的心脏
血色暴雨倾盆而下

我们在咖啡馆面对面坐着
你出了神地望着雨后彩虹
“最近有部电影……”
你没有说话　一剑刺中我的喉咙

我陷入落日下的泥泞
纵有千言万语　却如鲠在喉
你跳下悬崖　挥动翅膀
箭一般地飞去

我们走进瀑布
道尽人世沧桑
道尽浮生若梦
以沉默的方式

我们走进幽谷

道尽花开花落
道尽阴晴圆缺
以呐喊的方式

“你再不说话　我用热茶泼你了”
我还是不响
你弹指一挥　血染冰峰
我说　原来这个岛这么美

胖猫趴在床头纹丝不动
透过百叶窗的缝隙
看到你站在十字路口的中央
绿灯亮起后　旋风般地消失了

夜观天象　彗星袭月
我便挟太子连夜逃离
在暗巷的尽头
你仗剑等候

“你不是早就离开了吗？”
“把太子（猫）还给我”
望着你们远去的背影
我开始野蛮生长变成巨人

时间的枝头　相顾无言
宿命的皱褶　匍匐向前
我们不再与童年对峙
漫漫黄沙　繁花遍地

（二）

风浅月明　逐星而行
似有怪物　缓缓逼近
路灯下
太子趴在你的肩上
我：还好吗，太子？
猫：喵。
你：除夕夜你来这儿干吗？

我：听说这里山上的寺庙很安静。

你：你要出家？

我：具体来说，是访问学者。

你拔剑一挥，“轰”的一声，远处山头瞬间滑落。

我头顶发凉，仿佛被剃度了一般。

你：你回去吧，这里的寺庙连个鬼影都没有。

我：所以才安静。

你：你的岛上不也没人吗？这里是全世界最喧嚣的地方。

我：要不我们先进屋聊聊，或看个电影？

你：刚刚是我最后一次拔剑。

说完，你把剑扔给了我。

我：我用不了两把剑。

烟花绽放　与星月争辉

爆竹阵阵　如五雷轰顶

我看见你在跟我说话

你一直在说　还带点激动

我向前两步

甚至差点吻到了你
可我一句也没听清
当一切归于平静
我只听见你说
"就这样吧"
我：咋样?
你不再说话
我：没有人与童年对峙。
你：有些人一直都活在童年里，你我一样。

宁静中感受宁静
灯火处感受灯火
感受众生皆怪物
感受风吹鸟鸣
感受一身泥泞
感受两把剑的重量
感受日出前的白光
也许
打破宁静的只有宁静

（三）

夕阳西斜，树影挣扎，人影渐稀。偶有凉风，落英入院，纷纷起舞，但一旦飘至佛像前，便安静了下来。这也许是一天中最美好的时光，因为你知道这一刻不会持续太久。只有热爱的东西才会消亡。只有消亡的东西才会存在。

你：这么多年，你死哪去了？

我：我一直在这山上修行。

你：不是说访问学者吗？怎么待那么久？

我：这不变长聘了嘛。

你：害我去你的岛上来来回回走了八趟，手都酸了。

我：有证据吗？

你：啥证据？

我：八趟。

你：没有。

我：咱不是有微信吗？

你：多年没联系，自动删除了。

我：不对，你走八趟，手咋酸了？

你：太子快圆寂了，走不动道，我只能抱着。

我：这么说，太子也来了。太子，你好吗？

太子：喵～

你：看到太子钻你怀里，我便放心了。

我：既然来了，要不要烧炷香？

你：本来有这想法，但看到你把剑供奉在佛像前，还是不了。

我：供奉一把是不敬，供奉一对那叫虔诚。

你：还是不了。

我：要不要进屋喝杯咖啡？

你：还是不了。

我：要不要进屋聊会电影？

你：还是不了。

我：你说奇不奇怪，这么多年，我走遍了这个城市的每一条街道，尝遍了这个城市的每一家咖啡，参透了这个城市的每一处光影，倾听这个城市的每一个回响。我常常伫立在人群中，无论是雨天、晴天，又或是彩虹。我也常常盘坐云海之上，瞭望整个城市，感受众生与缘起。我在想，我怎么就不能再见到你？有时候在梦里，我变成无数个我，变成雨水，变成落英，每一滴每一片都是我，这些无数个我造访了这个城市的每一个角落，除了空，我什么也没发现，到最后，无数个支离破碎的我只能在下水道汇聚成完整的我。一开始，我也不明白，后来我想通了，你想知道答案吗？

路人：先生，那女子早走了。

我：施主，可曾记得女子容貌？

路人：先生，你想看到她的样子，为何当时不转过身？此刻又为何不跨出佛门？更何况你也不在佛门之内，先生。

我：胡说。

我拿起剑，转过身，发现屋内并无他人。我朝着佛门之外走去，却被门槛绊倒，我站起身，掸落尘埃，坐在门槛上，一动不动，一只脚在门内，一只脚在门外。太子在佛像的怀里，一动不动。此刻即是此生。不见即是相见。失去即是存在。大雨倾盆，一辈子的眼泪齐刷刷地夺眶而出，如山洪般吞噬了整个城市。

写于 2020 年 6 月，珠海；
2022 年 1 月，荆门；2022 年 7 月，北京

迷梦

海上雾起浓
相对不相逢
浅滩千万镜
远山花正红

写于2020年6月20日，珠海

临海话

整日白糊糊
念来又五去
不响像树头
落雨人心焦

小后生杀甲
老实又板扎
小朵娘标致
眼泪滴谷子

划水纸鸢飞
蛱蜢捉勿牢

上年事已忘

犹记大鹅笑

写于 2020 年 6 月 20 日，珠海

喧林

冬日里
一切美好都在发生
你清空了衣柜
又填满了衣柜
你上得琴房　余音绕梁
你下得厨房　万里飘香
茫茫雪原　你与斜阳对峙
像极了精灵

但唯有一丝苦涩是苏秀赋予的
他折断寒梅
又戳破月亮
仿佛只有这样
他才睡意蒙眬

此刻他正嘴角上扬

贱贱地望向窗外

好像又有坏事发生

写于 2021 年 1 月 31 日，珠海

童年

茫茫雪原
我手握横刀
在春天的必经之路
誓死抵抗敌人

桃花尚未盛开
但我停止了挥舞
孤独如斯
像座冰雕茫然若失

雪地里跑来两个孩子
一个说，傻子，没有人与春天为敌
另一个没有说话
拿走了我的横刀

星空依旧绚烂

灯火依旧阑珊

我把帽子挂在高高的树梢

我把手套藏进矮矮的干草

写于2021年2月15日，珠海

四月（两首）

（一）

就一页幻灯片
就你一个听众
你愿听
我便告诉你
我的童年
云海之上的故乡
那间欢声笑语的教室
那些哀而不伤的往事
只要铃声没有响起
我还会告诉你
山间崎岖的小路
水面上跳跃的石子

一个曾被世界遗忘的少年
一个曾与春天为敌的少年
我更想告诉你
我的梦想
我的信仰
一切关于你的记忆和幻想
如今我的喉咙嘶哑
我只能比画着
比画着
像在海面上镌刻你的名字

（二）

要不是你坐在那里
我的报告就不可能那么精彩
要不是你笑靥如花
我的眼睛就不可能装满星辰
无数次黑夜的眷顾
你终于来了

圣诞树下　繁花遍地
你的名字是所有电影的名字
你的名字是所有歌曲的名字
牵手的刹那
我仿佛行走在海面上
要不是你长出了翅膀
我就不可能安然无恙
清晨中长大的孩子
也一定会爱上一轮明月
五年光景
你依然是万里晴空的原因
从古至今
你依然是圣贤慌神的原因
要不是四月的绵绵细雨
我可能一生都活在梦里

写于 2021 年 4 月 19 日，珠海

家书

五山修行

一切可好?

学校是个好地方

但外出游玩的时候

一定要注意安全

记得远离寺庙

路过也不可以

你的美只会让佛珠散落一地

也记得远离教堂

你的美只会让世人忘记忏悔

如果学术使你疲倦

不妨照照镜子

除此之外

你找不到更美的灵感

写于 2021 年 4 月 21 日，珠海

篮球

夜幕降临　琴声悠扬
少女沐浴归来
月亮如爱神般性感惨白
今夜我不再抒情
顺着渗血的汗滴
我将找到朝圣的答案
球场是宇宙的中心
古老的战鼓由远及近
群狼在黑暗中睁大眼睛
幽灵穿过竹林打灯夜行
今夜我不再抒情
我疾如闪电　时空扭转
带着细雨中的泥土
我与天空合二为一

你在榕树下　面若桃花

聚光灯全在你身上

你的目光全在我身上

我冲破一道道城墙

将命运的枷锁扔进篮筐

将朝圣的答案还给黑暗

今夜我不再抒情

球场上独我一人

香烟是唯一的英雄

迷雾中倦鸟飞进樊笼

楼房如佛像般酣然入梦

四月的最后一个星期

一片破碎的花瓣粘着球鞋

不小心进了家门

写于 2021 年 4 月 25 日，珠海

循环

月亮无助地望着我
我无助地望着窗外的街道
马路上外卖小哥无助地飞驰
红灯亮起　像从水底伸出的火舌
他只能无助地注视着
拾荒老人缓缓地经过人行道
无助地翻着路边的垃圾箱
可这城市太干净了
干净得连一个空瓶子都找不到
老人破口大骂　一脚踢翻了垃圾桶
小区保安寻声望去
无助地注视着一切
好像跟这个城市不熟
好像跟自己也不是很熟

他无助地回到岗位上

忙着给外卖小哥放行

尽管昏昏欲睡　但腰杆笔直

你吃着外卖　无助地刷着手机

看到了不愿看到的新闻

想起了不愿想起的旧梦

你破口大骂　把手机扔到一处

无助地望着窗外的月亮

在这个城市

只有月亮被寄予厚望

写于 2021 年 4 月 27 日，珠海

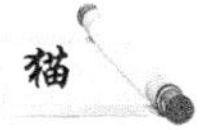

猫

关于祖先
我承载着一道永恒的谜题
扑朔迷离
我吃着香蕉，看着手机
像极了人类
我是虚无，也是永生
我不常出现，除非暴雨将至
我是人类的朋友
人们却在我身上挖了个大洞
我肆意奔跑
却跑不出这个怪圈
人们怕我，但我更怕人们
我傲视群雄
追逐着原野上的白色星河

一阵急促的鼾声

我被自己惊醒

下水道才是我的天堂

我们排列整齐，听着音乐

不可避免地走向死亡

写于 2021 年 6 月 5 日，珠海

说

连日的暴雨
不是我沉默的原因
我曾呐喊
却被震耳的雷鸣掩盖
无眠的夜晚
不是我沉默的原因
我曾细语
月光却在琴弦上摇曳
我只能一直寻找
寻找最平凡的时间和地点
我曾在十字路口等待
红灯不可能像花儿一样绽放
绿灯不可能像垂柳一样飘扬
只有黄灯

燃起希望

像冬日里的火光

我刚一开口

灯却灭了

我曾在公园的长椅上等待

等待一片树叶落在我肩上

直到黑夜

我依然保持沉默

也许

我想说的都在诗里

也许

打破沉默的人

一直都不是我

写于 2021 年 6 月 24 日，珠海

万圣节变奏曲

黑暗中
我们站在湿草地里
平静地度过了两个小时
直到你变成一把利剑
穿透了我的身躯
我望着你离去的背影
和地上长长的血迹
我平静地转过身
与月亮对峙
与微风对峙
与脚下的游魂对峙
门铃响了
一声
两声

三声

四声

我打开门

外面是厚厚的雪原

远处枝上的一片红

一片毁灭世界的红

正凝视着我

我假装不认识

寒风如列车般呼啸而过

鲜血如江河般奔腾万里

我闭上眼

悄悄地使上全身力气

保持优雅

写于2021年10月31日，广州

冷山

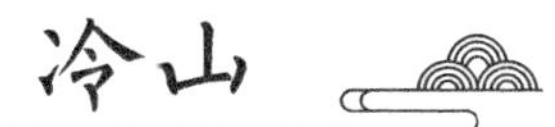

这其实并不坏
她只是藏起你的眼镜
你彷徨　你迷茫
但不是你视而不见的原因

漫天的白光闪烁
迷雾的森林放歌
入冬的第一波寒流
她乘浮冰悠然而至

你想看见她
就得打开窗户
让寒风刺痛你的脸颊
让碎冰钻进你的眼睛

黑暗中白帆扬起
雪地里鹿的踪迹
你不可能看不见
除非你闭上了眼

阶梯树影相依
白马路灯迷离
浮冰慢慢融入大海
仿佛一切都在消亡

写于 2021 年 12 月 26 日，珠海

芸芸众生

总有些鱼儿
注定要逆流而上
每一片鱼鳞都闪耀着光芒
穿过松林
心的牵引

这个城市突然安静
黑暗中狼的眼睛
你颤抖的双手
我帮你握紧
向我靠近　与我前行

有些沟壑　我陪你跨过
有些雨水　我陪你淋过

我不是圣人

我不是神人

我只是晚霞的最后一道光

总有彩虹　我与你等待

总有花丛　我与你期待

我不是圣人

我不是神人

我只是黎明的第一道曙光

总有些鱼儿

注定要逆流而上

喧哗的河对岸

芸芸众生皆不平凡

写于2022年3月1日，北京

默

像狗儿摇断了尾巴
像孩子爬上了树丫
像月光照亮了悬崖
像悬崖上徘徊的马

像坠入深海的火把
像黄沙中盛开的花
像无法描摹的壁画
像无法言说的梦话

像随波逐流的竹筏
像忽明忽暗的灯塔

像林间无声的滴答
像滴答代替了回答

写于 2022 年 3 月 24 日，北京

小宇

你总是不动声色
像只梦蝶飞进迷宫
让爱意充满小屋

面对巨人的暴击
你化作林间的清泉
带走叹息与阴郁

万籁俱寂的眼睛
如同你永恒的力量
让霞光拂拭悲伤

你低着头
却藏不住贝雷帽下的明眸

你不说话
却带走了整条喧嚣的街道

你常说自己如此普通
因为有你
我觉得自己不再平凡
因为我遇见了天使

我爱你是胆怯的
我爱你是骄傲的
仿佛一切都很自然
仿佛一切都不简单

广阔天地间
你与清风玫瑰同在
我只与你同在

写于 2022 年 4 月 6 日，北京

小薇

盘坐悬崖稳如巨石
你若野马踹我下崖
盘坐竹筏随波逐流
你若水妖骇浪惊涛
盘坐一室与佛对话
你若惊雷碎石乱飞
你总是能叫醒装睡的大人
拉着他们做牛做马
而你是那个挥着马鞭的牛仔
欢声笑语是你的天赋
你是上天入地的大磨疯
磨头念是你的必杀
在我的梦乡
你像只早起的小鹿林间饮水

尽管小心翼翼

但早已卷走一切阴郁与叹息

你是如此懂事

你是如此可爱

静静地站在两根柱子的中间

我们一起讲讲白搭

就像我平日里

盘坐云海之上

没事与佛讲讲白搭

写于2022年6月6日，北京

注：“大磨疯”为临海话，指活泼好动的小孩；“磨头念”为临海话，指小孩的碎碎念；“讲白搭”为临海话，指聊聊天。

宠儿

你是伟大的科学家
每一根发丝都是炸弹
你扯下一根
便是一个深坑
你扯下一把
便是一个天坑
我深陷其中
我坠入其中
只听见爱的回响
绝望的回响

你是时代的英雄
将平等写在水面上
将自由写在大风中

你借东风
拔出一座座城墙
化作手中魔杖
你施展魔法
让一匹匹骏马
穿上粉装
走进厨房

你穿过人群
滴下一颗眼泪
一颗浩如汪洋的眼泪
万物在水中挣扎
万物在水中生长
我闭上眼
自说自话
无关痛痒
也许是一根长发
压得我喘不过气

写于 2022 年 7 月 15 日，北京

不响

我不可能如此深沉
像大地
像大地上的荒漠
像荒漠中的峡谷
像峡谷中的一队人马
像一队人马中慢行的骆驼
像骆驼身上沉重的包袱
像包袱里不可言说的秘密
我不可能如此深沉
我也许是随风摇曳的某种植物
又或是随波逐流的某种鱼类
我没有独到的思想
也没有复杂的情绪
我闭上眼

感受一阵风带来的旧梦
我猛地睁开眼
感受激流中旋转的浮萍
人生漫长　童心未泯
爱情是童年的倒影
爱情是对岸的风景
可望而不可即
短暂而美丽
像支飞箭贯穿了黑暗的隧道
一条叔本华式痛苦的隧道
爱情如烟花
此生只燃一次
燃过便只剩灰烬
随风散　随水逝
我看着孩子清澈的眼睛
眼睛中惆怅的自己
自己身后的窗
窗外的万家灯火
灯火远处横纵交错的道路

道路千尺之下的洞穴

洞穴里一座天然的佛手

我闭上眼

双手合十

假装深沉

对许多人和事缄默不语

写于2022年8月26日，北京

秋之夜曲

夜色渐浓
待明亮的石头铺满河岸
我们最好点燃火焰
嘘，别说话
我们最好跳进刺骨的河里
陨石雨从头顶呼啸而过
群鸟叽叽喳喳地掠过河面
待火焰颓然而逝
我们最好消失在夜色中
嘘，别说话
这个城市秋天深了
我们最好什么也不做
除了在细雨中拥吻

写于 2022 年 11 月 4 日深夜，北京怡秀园

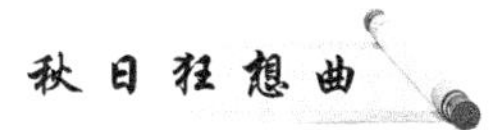

秋日狂想曲

我曾梦见
孩子爬上金黄的枫树
新娘躲在轿子的一片红里
孩子是我的模样
新娘是你的模样

秋色将尽
在这狭小的缝隙中
你无端流泪，柔情似水
目光里满是意象
隐藏了太多真相
人们称之为诗
仿佛一切都曾发生
仿佛一切都正发生

列车迷失大地
在荒芜广袤的麦田里打转
嘿，没时间了
我们快打开翅膀
飞到陨石雨的前方
然后再变成一阵风

群鸟迷失天空
箭似的射向湖面
嘿，没时间了
我们快打开翅膀
飞到温暖的南方去
回到大海身边
回到沙滩的怀抱

无数个黑漆漆的椰子从天而降
垒成一座高高的迷宫
迷宫里只有我们二人
和一扇窗子

无梦的时候
我总会想起遥远的音律
孤舟仲春夜行
两岸繁花飞影
杯酒干净，风浅月明

写于 2022 年 11 月 19 日，北京